格构美文　聚力未来

盛夏之舞

方静 著

国文出版社
·北京·

图书在版编目（CIP）数据

盛夏之舞 / 方静著 . -- 北京 ：国文出版社，2025.
ISBN 978-7-5125-1642-7

Ⅰ . Ⅰ227

中国国家版本馆 CIP 数据核字第 20245LA166 号

盛夏之舞

作 者	方 静	
选题策划	杨子卿	
责任编辑	侯娟雅	
责任校对	李 然	
装帧设计	观止堂 _ 未氓	
出版发行	国文出版社	
经 销	全国新华书店	
印 刷	三河市中晟雅豪印务有限公司	
开 本	710 毫米 ×1000 毫米	16 开
	12.75 印张	150 千字
版 次	2025 年 1 月第 1 版	
	2025 年 1 月第 1 次印刷	
书 号	ISBN 978-7-5125-1642-7	
定 价	59.80 元	

国文出版社
北京市朝阳区东土城路乙 9 号　　邮编：100013
总编室：（010）64270995　　传真：（010）64270995
销售热线：（010）64271187
传真：（010）64271187-800
E-mail：icpc@95777.sina.net

灵性、智慧和感情

方静说，茶的心情，水才明白。

方静的笔名是"身茶心水"。

认识方静，就是从她的笔名"身茶心水"开始。

身是茶，心是水，多么惬意的灵性境界。在这样美妙的智慧里，看身心灵邂逅的那一刻，仿佛时间都在这一瞬间静止，凝结情感的诗句翩然而出。

所以，我喜欢称呼她"心水"。

由"身茶心水"而认识方静，已近二十年的时光。

心水的诗递送给我的是那种生馨的虚花之净静，像极了一位觉悟的老者。在灵性的花园里，耕云种月。

其实，我不太懂诗，只是喜欢心水的文字，在她叠字造境的世界里，总是能看到许许多多非常美妙的画面。那些文字如一滴墨滴入水中般的化开，微微荡漾的墨迹，张扩着在心间弥漫开来，似乎是山非山水非水的一场云雾、一种恋情。她的文字世界中的的灵性状态，似乎可令人体会到她的呼吸从极致的静谧间释放出来。寂色世界里，万物疏淡又欣欣，时间在眼前绽放，如同音乐会在耳边响起一样，我们会不由自主地步入其境，就如同步入静穆的山水画——烟霞云水，在虚无和永恒的边界，帮我靠近时间里的松弛。

在这里体验她文字里逍遥自在的情感，让心神清净安宁、舒展惬意，并在这样的诗句里升起一种觉知的光。

享受这份温暖的灵性慧光时，我只有说不尽的羡慕，并心生无限感激，感谢心水曾为我的作品而写下的许许多多诗句，让我们在彼此世界的阳光里欢喜。

欣闻方静的诗集《盛夏之舞》即将出版，好开心，又是一种欢喜。

祝福好友心水、诗人方静，在欢欢喜喜的境界中、逍逍遥遥的慧光里，自在圆满。

季春红

2024-12-27 于金陵沫然斋

目　录

灵性、智慧和感情 /01

第一辑 /001

0　叙述

风景 / 003
摆渡 / 004
执意 / 005
时过境迁 / 006
这样 / 007
云上的 / 008
段落 / 010
想念 / 012
想念了 / 014
云飞风舞的那一段 / 015
十句 / 017
领会 / 019
六月 / 021
关于月亮 / 022
随心所遇 /023
最近的消息 / 026
梨花开 / 028
此情只待成追忆 / 029
爱在中秋 / 030

南方生长 / 031
相依为命 / 032
三月 / 033
送我的明月光 / 034
转瞬 / 035
再见 / 036
岁月之后 / 037
途径 / 039
后来往事 / 040
月光 / 042
重逢 / 043

1　沙面痕迹（组诗）

沙面痕迹 · 一 / 046
沙面痕迹 · 二 / 046
沙面痕迹 · 三 / 047
沙面痕迹 · 四 / 047
沙面痕迹 · 五 / 048
沙面痕迹 · 六 / 048
沙面痕迹 · 七 / 048
沙面痕迹 · 八 / 049
沙面痕迹 · 九 / 049

沙面痕迹 ·十 / 049

沙面痕迹 ·十一 / 050

沙面痕迹 ·十二 / 050

沙面痕迹 ·十三 /050

沙面痕迹 ·十四 / 051

沙面痕迹 ·十五 / 051

沙面痕迹 ·十六 / 051

沙面痕迹 ·十七 / 052

第二辑 / 053

0 光影

岁月留光 / 055

眼界 / 056

在五月 / 057

沉默 / 058

风从山上来 / 059

春懒 / 061

画 / 062

照在肺腑之上 / 066

归来 / 067

今夜晴朗 / 069

问候 / 070

回忆 / 071

信赖 / 073

绿着 / 074

困 / 075

忘记的部分 / 076

饮马月下 / 077

等雨 / 079

深别离 / 080

月光鲜明 / 081

一意孤行 / 083

回顾 / 084

记起 / 086

重阳 / 087

听雨 / 088

不过远方 / 089

风景 / 090

线索 / 091

灯火 / 093

三月 / 094

1 梦里江南（组诗）

一 也许的乡愁 / 096

二 半阕烟雨 / 097

三 湿湿的旋律 / 098

四 春情 / 099

五 三月的流韵 / 099

六 水巷长长 / 100

七 温一坛时光 / 100

八 梦乡 / 101

九 春色 / 102

十 无边故梦 / 103

十一 血性 / 104

十二 蓝花布 / 104

十三 游园 / 105

十四 永远的缠绵 / 106

十五 傍晚 / 107

十六 雨巷阳光 / 107

十七 静水深茶 / 108

十八 紫砂壶 / 109

十九 逝去的记忆 / 109

二十 一场 / 110

二十一 旧韵梦造 /111

二十二 旧地重游 / 112

二十三 你的江南 / 113

二十四 相遇 / 114

第三辑 / 115

迎风

心境 / 117

断断续续 / 118

散句 / 119

通向 / 121

与时间无关 / 122

措手不及 / 124

其实 / 125

梦魇 / 126

还来 / 127

别了，卡西尼 / 129

看见 / 130

清明 清明 / 131

意义 / 132

秋语 / 133

陈情 / 134

说的还是春天 / 136

白露 / 138

保持 / 140

自取的光 / 141

自顾无暇 / 143

后来春天 / 144

旷 / 146

是夜 / 147

祛暑 / 148

也许 / 149

像 / 150

一个阳性的下午 / 151

那些花儿 / 152

仰望月光 / 154

阅读 / 155

第四辑 /157

起舞

呼唤 / 159

故乡 / 161

牧归 / 162

遥远的凝望 / 163

迹象 / 164

心舞 / 165

瀑布 / 167

相逢的路上 / 168

允许 / 169

风从何处 / 170

夜半梦半 / 171

自说自话的样子 / 173

春情 / 174

准备好了吗 / 175

云上的天光 / 176

背道而驰 / 177

企图 / 178

生日祝福 / 180

一梦无羁 / 181

翻阅前尘 / 182

想念 / 184

告诉 / 185

信仰 / 187

夏花 / 188

春风革命 / 190

个人行为 / 191

祝福 / 192

醒狮 / 193

仰望 / 194

盛夏之舞 / 195

后记 /197

第
一
辑

0

叙 述

一生 用一厢情愿
磊落和自由

风景

有时，我倒是想和你说说从前，那些填满着逝去的角落，一路攀援着的记忆。

那些记忆里你还未到来，还在远方跋涉的时间。

我想告诉你，我所记得的天和云的色彩以及某个午后靠在窗前打开的那片景色。

靠在逝去的窗前，那片石榴花开的五月，以及常春藤浓密的季节，还有窗前的雨天和撑着伞的恋情，那时，你还在远方逗留的时间。

想告诉你，那些从前夜晚的风声，稀疏和密集的心情，那些星空下返回的歌声，月光始终如水的流动和散落出的银色碎片。

还想告诉你，萤火虫的舞蹈和仲夏夜那些山峦依稀的背景，那棵虬枝矍铄的老树上一轮山月的明丽，那时，你的远方还未曾遥望过我的旧时光阴。

有时，还想告诉你，我曾经冒失和迟钝的青春流淌过的溪涧，那些清凌凌的欢声和无措的心绪，那些连岸的景色和四季里沉淀的美丽，那些无可奈何的歌谣里仓促的心意。一些意气风发，一些心动神怡，以及黯然颓唐和无力更改的瞬息……

是的，有时突然的就想和你说说那些从前，那些似乎还在跳动的和已经平息的曾经，只是，到了最后我总是选择了沉默。

也许我更喜欢隔着一段距离，能让自己终于远离，一段距离之后，就有了观赏的可能，透过光阴截取后的角度和幅度，让流经的一切变得如同一幅画，一张图，甚至一段醒后的梦……看着那些过去终于能成为一道道风景，然后微笑着致意。

2008-05-27

摆渡

风起了
思念也起了
骤起的思念
隔着长长的河岸

思念的河岸没有分明的天色
心绪就变换了明暗
风是远处的歌　终于
吹开空中的光线
漾出一片心湖的呢喃

如梦的低语　轻唤
一片波光里
有思念要过河来

2007-01-09

执意

回首的时候一切已经落定
可关于线索我却有了疑虑

如果只用一个理由　相遇
会不会显得轻慢和单薄呢
而只用一脉的温柔拥抱来去
又会不会不够坚定和痴情

曾经肆虐的风暴被岁月一一填平
那些云卷云舒的背后其实都有秘密

不挽留　也不退避
因为曾经用多少的眼泪才明白
你一直在心上　无从磨灭　无从失去

2007-09-23

时过境迁

这样的一个转折
不知有否出路
从思念到怀念的距离
翻越　不仅仅时间
那些风吹散的温度
其实　我更在乎

我收藏过曾经的月光
却始终没能播种出根生的迹象
天下那么宽广足以隐去
一点点逝如流水的光亮

我想过要告诉你
心怀的起伏　那些
细微和壮阔连带的气象
可是岁月到了这里
却不再涌现倾诉的决口

缄默如石头　缄默如石头
就像梦外的　窥视不透
梦里的苍茫

2009-03-18

这样

这样我就可以一直想你
尽管时间和限定
我依然在在意 那样的态度
你对于我的距离 亲密和疏离
春已入暮 心动的旗帜风起风落中一次再一次
我还在整理 有关心情有关自己有关你
就像春天到了这里
阳春的锦绣该来的都来了 还有别离将即

告诉我 遥远的过去都收藏在某个可以往返的旧地
我认得的梦里
就像季节没有遗漏没有缺失的循序
印象和约定
告诉我 一直都在 那些可以触抚的爱意
继续和流淌的瞬息 记得相遇
后会之后 邀约的生命
我想和你一直联系一起

2009-04-14

云上的

一直以来我都想得到你的认可　因为是你
那是种美好而忐忑的情绪
欣喜和惶恐的心跳

我没说过　我会欠缺一些常规的自信
却用另外的嚣张填补
我总响应自己的心音
纷繁杂乱中所循的方向
我的眼里往往只看见自己的风景
而我却喜欢这样的偏见　没有觉悟
我的世界里有你的光芒
我喜欢仰望
有　一种直达心扉的温暖和安慰

痴迷往往因为投入
无视其余的通途　毫无退路的沉溺
你甚至会是我构筑出的梦境
嫁接在云上的日子
美妙的轻盈无所不及
仿佛心意得以生长在家园　笃定而自足

你像是我一直期待　却以期待以外的方式到来
你的眼波一触及　便带来了幸福的感应

我以为是因为你听得清我错乱的言语
腔调和口气里自由在呼吸
我以为是因为我能看见
你修葺的遥远的村庄
轮廓分明
那些剔透的岁月可以团聚
因为烟消云散的痕迹曾经逗留的心际

在云的上面曾经有过的世界
房屋和人群　月亮水在逆流而起
我见过你　是的
你也见过我　我多么在意
世界不过是用来相遇的道具
一如时光只是背景　活在活的人的心里

2009-05-08

段落

那些夜都醒着———

1

月色苍黄，带些略微的红光。

我看见的那轮明月，浮在流动的河水之上，背后是一带隐隐的远山。

我一直不懂如何判断方向，纵使对着月亮。从来就缺乏断定东南西北的能力，那些相关的方法和概念模糊不清，我能弄懂的方位是上下左右，凭着身体的指向，直接简单。

月下的河水急切而分明的流动，就像思绪从来不肯停歇，起伏于心的那些思绪统统都流向了哪里？收留它们的身躯最终都将失去所依。

2

好和坏的所谓，到了现在，我更在意喜欢和不喜欢。

年华开败，一切随由而来，就做那些喜欢的好么？可为什么依然有那许多的耿耿于怀？

我还在依赖，依赖那样的态度以及目光承载的温度，可是，为什么不拒绝？让我终于能够切断那些伸向你的企图，一一而来的要求？

3

怀念一只猫和怀念一个人似乎有相同的感触，斑驳未尽的岁月，那些相伴的光阴。

容颜和举动的印记都有不再更改的画面，保留和沉积，一直没能遗忘的过去，那些在夜深无眠的时候轻轻浮动的记忆。

我记得它的样子和声音，以至于我会用温柔的目光注视路过的猫咪，会对着流浪的猫情不自禁地唤两句。

　　我记得你的样子和声音，可为什么路过人群，却无法用爱惜的神情面对迎面而来的陌生人？

　　我把你和别人始终分得那么清楚。

2009-09-10

想念

我常常在夜里想念
这样似乎不够光明
情意　磊落在暗处
璀璨分明

璀璨和分明
如同没有缺失和遗落
想念　就像
用心打磨时光的阴影
闪亮以及伸延
甚至够不够厚重
全凭自己

你和我
是相聚果房的种子
一粒和另一粒
总要分散的风里
总要分散的缘由
时间到了这里
各自生长的天地

想念　只系稳了一端的过去
另一端就随由它落在心底

在刚好的夜里浮出
许多年 许多年华 过去

只是要等到现在才知道
那些打磨之后的痕迹
熠熠生辉的美丽
开始普照自己

2009-11-09

想念了

我想你了

摘下那一朵时间
想念是鲜艳的

风从冬天吹来
从你和我的身边都擦过

隔着身体的距离
撩带心口的感觉

想念就是一棵树
自顾自生长着

你想我了
那一朵时间就盛开着

2009-11-27

云飞风舞的那一段

我一直在喝你给我的茶
就像是喝着那么一段时光
怀念着另一段时光

第一次看见
那些在眼前瞬息汇聚而后消散的云
就像在目睹一场奇迹

云飞风舞的时光里
是我陪你还愿许愿
是你陪我游览于山水之间

信仰是需要自己来确定的
总以为信仰也是拿来用的
至少能让自己轻松容易自在
至少能对生命更为热忱和爱戴
或者我还没找到
或者说我老是执着于自我
懒于了解宗教的可能和生命的真相

过去了很多年
很多年的时间流淌
似乎就是为了彼此的改变

岁月改变了很多
你知道我也知道
可始终无改生命固有的那份盲目
或者说未知

生活的意义
想来还得靠一天天的日子来填上
自己填补自己的那一份
我在想那些情意
彼此心底的温柔
会不会是无关信仰的那一部分呢
或者就是信仰呢

2010-07-30

十句

1

你的目光柔软如毯
我想躺在其上

2

谷雨的雨还没到
时间留在春天
还来得及给你一个春天的问候

3

风的背后总匿藏着消息
你来过　又走了
一朵花的开和败
留意　水的痕迹

4

早晨
雨醒了　芭蕉犹在梦里
梦里的那个正想偷渡出境

5

以情为食粮
该养出怎样的一种兽

6

花事一桩

总要等到颜色破碎了　收场

一地鸡毛的情事　要如何追溯开场

7

你来我往

是理由的接口

一厢情愿的衷肠

如何摆脱诉说的过场

8

酒越喝越热

茶越喝越凉

你喝茶　我喝酒

9

你收集风的标本

跟我换一篮子的月光

10

自身繁衍的句子

却无法从一而终

2011-04-17

领会

闭上眼吹口气
默默地就只剩下等待

像不知底细的魔术
安放虔诚和期待

我一直在等
等你的思念和我相当
不是比较的分量
而是相知的概念

那样的发生
仿佛有神在担待
瞬息开放的心房
交由一千匹春风盘桓

那些花儿都开了
满满地铺到了天边
风为媒 花是触动的敏感

那就站在天边共舞
你是一定会来

宁愿相信那是神迹
不由自主的牵引
和无法错失的遭遇

闭上眼 吹口气
像在招一个魔术来

2011-05-15

六月

手指划过的时间
我敞放的六月
这冷暖阴晴谍变的时节
心情难免一同
湿热　而容易病垢

所以有关思念　滋生之后
情愿放逐在身后的流年
不去沾染　我想
它就该封存原来的样子
路过人间的珍藏

文字有引诱的歧路
不知不觉把握迷途　知返
就这样近乎单薄而游戏的样子
迁就日子尘风的经过　往来和来往

2011-06-26

关于月亮

你说预祝中秋
我便想念起昨夜的月亮
半个月亮 仍明媚如情人的目光

时间的概念在月亮的侧面引申
往事就似前尘 流动的波光
那一腔倾覆的水

遥远和亲近不是逻辑和线索的关系
思念和怀念之间却有无法逾越的距离
照耀都是在摊开之后
心窝的低浅就容易装满
始终是一怀的月光

关于月亮
我相信生长的周期
阴晴圆缺的情意都是真真切切的流经

2011-09-06

随心所遇

1

下雨天　心里就蓄满了水

时间里地点没有偏移　依旧的我和你

你还说过　雨一直下　在心里　积聚成一泓清泉

思念是随心所遇　　在风起之前

我们都各自收藏有一段阳光和一粒星辰

所以每每水泽丰润的季节

萌动和生长都如此灿烂而又相互辉映

2

这样的时间总容易来得涟漪

新年和春节犹如仪式早就安放身体和心底

说到了就开始　翩飞的祝福是牵挂和惦记

或许还有　继续计较着彼此的态度和回音

有意思的是岁月改变我们的现在和将来　却保存着过去

我们不离不弃不增不减的完满

3

流连忘返说的是一个人穿梭在自己的心地　竟然迷路

花朵般打开的细腻里世界被督造更为局部的流光

梦幻的泡影里来电和去雾都极为投入　没有试探的直落

竟然　竟然就陷落无底

甚至都忘了如何可以穿过自己

4

就这样蜷曲在一个字里 似乎有些赖皮
可冬天里的心情总能自行取暖
就像对于自我愈合的能力我们总估计得太低
确定自我的时候有时便充满了幽默和不可思议

5

回忆也是一种旅行 喜欢你领着我 到你的童年穿行
看着初开的晨曦照亮你眸子的清透
然后和你一起分解那些不谙人事的捣蛋细节
我甚至能确认你婴孩的模样 哭着哭着又笑了
孤独而自得其乐的样子和我们现在一样

6

如果 如果真有下辈子
那我们还要在一起吗 当然啦
可是这样不会生厌吗 不会
可是下辈子我是要做一朵花的
那我就做园丁这样才可以照顾到花的
可是我不要做园丁的花
我要当野在深山的那种 怎么办呢

7

至少得容我把那个梦编织完工吧
你早就给我起了一个好头 那么美的开端就是理由
延续而来的脉络一点一点清晰起来
梦悬在半空等我 心动和身动

8

天空恬淡 那一抹青 流落湖面

湖面回荡一朵 再一大朵白云

水润悠然的淡出 一盏茶的丰盈和剔透

人世间 有层出的美

2012-01-20

最近的消息

你要记得　我说话的样子有些苍老
仿佛饱含一粒夕阳的余温
宽阔和厚实但还没那么沉重

我说起春风的消息仿佛多年前表白的前夕
依旧有些犹豫
其实最想要告诉你的
是在我的生命里那些依旧的余地

水还在润泽和波及　经得起流荡和升腾
就像爱还融融在血脉间呼应
不曾干涸却未现汹涌
那些极其细微的感动
还会在神色不改的底下起伏
就像泪仍然带着最初的温度
却落在无人觉察的时光下
用苍老的肌肤来覆盖的　都是孩子气的真心
所以独自面对天际的游云　依旧遐想袅袅

关于奇迹　我依旧相信　只是排除了自己
关于苟且　我知道存在都蕴含的真谛
不外乎人心的细腻
生命流落在这个世间

都有极端孤僻的痕迹
或者也是极为尊贵的缘起
我和你 既然相遇就在一起
一起习惯 一起妥协 一起躲避 也好

岁月静好 需要游离 抽身事外的距离
距离时光 距离经历 甚至距离身体
距离到彼此能够祝福每一缕初生的光明

2012-03-22

梨花开

选择春天离开 是不是比较温暖
那些疏离的间隙 容易被初生的新绿填满
那些牵连的过往 可以生长出明亮的形状
再一次守望 守望相助 无从凭借的未来

太多的理由 听起来都是借口
或许直接 简单 更好懂得彼此的信赖
相信 总是刚好支撑一个段落的始终

惊蛰已醒 待花的枝头已满
春天 开始兵分两路
一路沦陷回忆 一路还在追赶
就在春风四面 这一次 我想 听你说出来

2014-03-17

此情只待成追忆

1

想念春天
不如用春天来想念
而春天已失

2

我说春天离开 春天就分外长
占着夏的要塞 偷渡秋的陈仓
没有突击 只有缠打
没有输赢 只有纠结
戏谑的雨旁敲不停
还用嘲笑的口吻谈起 回忆

3

把等待的次序倒转
隔岸又必须观火的距离
转身的弧度变异
拒绝 加入自怨自艾的游戏

2014-09-05

爱在中秋

爱上我的当年
不如欣赏我的现在
时光改变的又岂止容颜

岁月仓皇
纵使一场痴妄的等待
梦中　如何勘破身躯的所在

我告诉过你　我不要来世
烽火告急的今生　不为身后争取
禁用老情人般的兴叹
回忆隔世样的流年
抚摸我灵魂的形状
不作虚伪的覆盖

我带上了月亮
出没异乡
不止是今夜　我爱

2015-09-27

南方生长

南方生长忧伤
你在北方徜徉
南方的生发　淹没方向
反正我的路盲
分不清冬暖夏凉

南方生长忧伤
你在北方徜徉
南方的生发　淹没方向
我把阳光存在肌肤上
却没能闪闪发亮

南方生长忧伤
你在北方徜徉
南方的生发　淹没方向
就算把思念统统埋下　我知道
也不能长出惦记的雪花模样

我看见我的恍惚
落满一地
踮起脚尖也无法退避　南方
不问缘由　只管生长

2015-12-05

相依为命

多年以前
我已不说永远
一些词句 病疴沉疾

永远多远
一任故地成他乡
还是用白发去端详少年

太单纯的距离 如何刻度
用心还是用情
心容易担惊 无法平直
情过于纠缠 如何衡量

不如 一命换一命
光阴只走一线
我只听一句
你若不离 我便不弃

2016-04-08

三月

1
他们都在讨论春天
我也是　只是没人知道
我是用回忆的口吻讲出的未来

2
夜里
雨落脚别处
离梦乡十里
春天还是凉的
用心捂着就回暖了

3
我喜欢月光
或者
月光是日光记忆的一部分
就好像
我是用来记忆你的一部分

4
你告诉过我
远方不用来居住
只为了出发

2017-03-21

送我的明月光

夕阳散尽 云层退后
所有瞩目的形状都得褪去

那么 烛火已旧
送别的风都相忘

过去 有去无回
真实和幻境
彼此站成废墟 之上
天空广袤如旧

你送我的明月光
我又一次穿上

2018-06-13

转瞬

1

雨 路过城

人 容易跟风

2

黄昏暧昧

眼神模糊的人

却拒绝挽留

你说的故事已旧

3

一棵树在开花

有人停在树下遗忘

镜子里的月光

4

他见过黑暗

之后远走 逐光而居

5

其实 他说过

远方已经散了

6

一切转瞬即逝

2018-07-31

再见

已然别离
却又一次提起
关于春天
关于你

烛火熄灭
消息埋好
所有的歌咏已断
远方的天空落入水底
光和羽都飞去

我把岁月留下
影子重逢的梦境
只身前往
如果背影苍凉
就添加衣裳

2019-01-08

岁月之后

倾诉的时候
心思都散开
像倦飞的云 落下来
比梦沉 比风快
风作了撤退

退回去 云依旧是水
逝水之间 没有误过的流年

岁月 竟已根深蒂固
命里的冷暖 却相互慰藉

你和我 长成了不渝的见证
面对面 像镜子一般
映照彼此 有勇无谋的青春

穿肠而过的酒
穿肠而过的光阴
那时任性 生长恣意
单纯的迷惘 不带忧思焦虑
鲜亮和锋利 尖锐的刺和伤
无知无畏的勇往
把世界和自己 都做了抉择

成长的透彻　总要在多年以后
嗔痴爱欲的偏执　是以人的真意
就像是春回大地　鲜花怒放
生命作了指引　纵使一误再误
你知道我说的　不知悔改

2019-03-01

途径

相聚和别离 说的都是时间 落下来的岁月
谁听见 风来了还是去了 牵挂过的怀抱

四季是风吹轮回 月光和流水不朽
春天却是花开花谢的梦途
花一样的人 半路走失 历经春天而改变
好像 梦的颜色 绚烂 然后 坍塌之前越来越暗
好像 心怀的样子
一边开花 又一边落叶 一边遗忘 又一边怀念
你和我 彼此祭奠

2019-04-22

后来往事

多少年才算往事
你说 曾经的过去和过不去
后来 都已然过去

那么 断肠人的天涯
后来 是不是就去了桃源
永远花开的一季 你记不起

一年又一年
你总是学会越来越忘记
可是 你知道
忘记的又怎么能称为往事呢

除了照耀你身体的部分
除了梦里清醒的部分
除了闭口不提却总不能和解的部分
你的往事历历
后来 却不分明暗厚薄彼此
往事 都是由来的你

此时此刻此地
雨下了一整天 不歇 连续后继
下雨的天光都有几分相似

雨不问前尘后世 反正
落入有心人的梦境 统统都打湿

后来 你还是要做个梦 梦里
晴朗和明亮的风像昨天 也像前天
你说 多少年 才算往事

2021-01-16

月光

我想　我需要
留一抹月光　随身

独自的白日　黑夜
幽蓝的梦　映照出光
清风拢聚之后　发生
月光出水　入水

一些事件　场景
回目　终究惦念的人

已经明亮的时候
你和我一起　顾盼的岁月
月光重修　光阴渗透

2022-10-27

重逢

印象
都带着独自的体验
历经的辰光　释解
相认的画面

无法遗忘的
大概　都有
根深蒂固的所在
像草生木长的由来
极其简单
却不能　简单交代

记忆　越来越像梦
又何必　一成不改
渐渐演化　层出
不穷的光影　叠现色彩
关于　彼此的那些
我还想告诉你的　故事
你能　回忆起的　后来

到来和离去　有时
我总爱　颠倒一下顺序

水是天 莲就是云
接天的 飘荡
摇曳 自由自在的 意象

总有一天 应该知道
有些相遇 是注定的
就像 喜爱水 所以
思念 便乘船而来

水路荡漾
花 是记号 是指引
穿过的时间
你和我 手执莲花
风 吹动 无边的水

我们 坐在船上
开始叙旧
重逢的未来
极像 早年的夏天
莲花还没开
我刚到 你才来

2023-06-30

沙面痕迹

（组诗）

梦没有尘灰
可以随着最后的目光作陪

——我不知道这一切是怎样的到来一切的结果写在了沙上而风已经袭来

沙面痕迹 ·一

心是鱼只在安全的水域才能自由游弋梦里的水和水里的梦有差不多的真实世界的边界在眼还是心够得着的地方水的明净心的澄澈却繁华着暗钩恣意于是香甜蕴藏诱饵的伎俩舞蹈的自在抗衡着暗器的曼妙无从防备何止鱼的贪欲诱惑呈三百六十度的绚烂网从一开始织就就是为了捕获的目的心存侥幸就算逃脱自然也有着遍体鳞伤的决定除非除非心若止水悬浮的鱼有了最初的忘却知足惬意在自我熟悉狭小的水域游来荡去可是那与生俱来的梦意未央潜伏的憧憬总时不时救赎着待灭的激情让鱼生出鸟的翅膀在水里飞翔而天那么广还有那么多的四面八方鱼也会生出鸟的信仰可是啊那始终依赖鳃的滤换注定永远达不到腾空的愿望而四伏的危机何止来自饵的甘美来自水的清新来自遥远的不可预知如网心是鱼只在安全的水域才能自由游弋而自由却飞掠安全熟悉鱼死网破是不是谶语般循环里唯一的应验

沙面痕迹 ·二

心是花会一层层开启不管怎样的变更心是花就要开启像阳光布满心底一层一层照亮心际花开的力量无法估计无法估计的力量可能颠覆自己自己对自己的背叛是束手无策的盲动像流星划破天空无法假设的成立光耀瞬间的绚丽花开的美丽是禁锢破除后的容光焕发是酝酿已久的梦境生还没有谁可以阻挡花开的声音除非冰冻了心的生机除非一颗心已经飞出意愿的囚禁心是花就该一层一层地开启一层一层地裸露红尘迷魅的魔力就该

臣服于醉梦般的明艳光彩花开之后的光景除了凋谢必然的凋谢有多少花
会期待不可预知的孕育而总有些结果是曾经企盼的报应可花已经残败已
经落破已经入泥而腐而只要守候季节那么花会一季一季地开一季又一季
地谢心是花总是会一层一层地开启而又总归谢落定数也好无常也好总有
些心从来都无法抗拒无法不给予

沙面痕迹 ·三

海是这样醒来的心如火山爆发的时候有滚烫的激情喷薄而出灼烧倾流直
下的一切所谓澎湃所谓汹涌所谓沸腾是内心如海内心如海呵我是一脸微
笑不改站在远处看着自己的无奈暗藏的是不为人知的沉甸世间的际遇只
能是一个又一个的惊叹再一个接一个的遗却颤抖的激情只能一次又一次
封尘却又一次再一次冲破而后是一次接一次的隐忍时光就这样过了一段
又一段听任岁月一日又一日地陈旧不任泛滥便凝固成岩石的神情历经风
雨也许死去或者下一次醒来

沙面痕迹 ·四

其实所有的细节都是为了营造那种气氛那个整体的效果那么所有的过往
开始是不是就是为了那个永不完美的结果而我是不是注定禁锢在抛不掉
的旧壳当我眼前开始出现飞蛾的影像那是在浴室的雾气里灯光浑圆温暖
浑圆水滑过身体酣畅的是水流和水流底身躯里驻守的魂灵在公允的私隐
里点燃的自由飞到极点我便开始梦见飞蛾的影像

沙面痕迹 ·五

凋零是夏日最后一朵玫瑰是一个季节一朵花作别是守望着青春纷纷落下是暗香飘度的最后一晚陨落是唇边已隐的笑失落是一段故事终于没落是不同时间同一结局同一阵风吹过

沙面痕迹 ·六

思念如子弹一层一层地洞穿无意的流弹命中胸口的战栗仿佛渴望已久的期盼刺裂的痛楚有一种幸福的麻醉思念如子弹一层一层地洞穿贴近的创口是慢慢流淌的温暖而一颗流弹啊那一颗流弹只是失却方向无意地穿透我等待的心怀独自沉醉在飞在坠渐渐无法判断

沙面痕迹 ·七

诱惑总以绝美的姿势出现那种让人绝望的美丽啊出现在未来得及设防的眼前直抵心最深的软处再一日一日似毒药慢慢地毫无知觉地点点滴滴浸入渐渐腐骨蚀魂一开始了就无法拒绝用什么才能割舍病入膏肓的命还能抵御怎样的安排而如果其实用不上假设啊最初的一刹那都仿佛是千年的夙愿梦里求过的那一回终于得以出现怎样的结局都是一种绝望的美

沙面痕迹 ·八

说起风了风就掠过心野我听得见风在呼唤暗自散香的蓝调像呼吸弥漫成瘾的恍惚梦意翩跹夜在他乡他人的月光思念在生长梦的地疆我的散发成流水的形状淌过今晚明天又是无尽时光夜里呢喃的风在心底轻吟浅唱

沙面痕迹 ·九

有什么可以告诉自己昨夜的梦还是梦里模糊清晰的面容雨穿过风穿过檐穿过眉睫落入发落入眼落入衣襟谁在逝日在远处在天边牵挂不由人不想念水也罢茶也罢酒也罢一盏一杯一壶不由人不醉冥冥中没人指引心起落不定际遇里不告诉谁密封不宣是断不定聚散离合后情衷的深藏是为了遗忘还是怀念焚心的火舌舔过疼痛的暗伤愈不愈自己也终分不清哪一天自己可以化为灰烬而且已冷已冰散入尘散入土没有记忆的温度

沙面痕迹 ·十

这么多年以后竟会突然想起措手不及间一种欲泪的感觉一刹那牵心而起不知怎么还会生生疼起那些记忆不是早就枯萎早就无影无踪多少年来都没再记起怎么竟没有消去怎么会再一次涌腾而起那些随时间消灭的印记到底是藏在哪里怎么会在毫无防备的时间里又一次反击不管愿不愿意竟自会又一次被拉回过去拉回多年以前的相遇拉回多年以前的别离拉回再也不相干的从前境地

沙面痕迹 ·十一

无助的感觉乘着夜黑栖息引诱寻找依靠的触动而谁是那一刻的堡垒可筑守游曳的魂魅没有后退的防御只是更显现一个人深处的无奈无法求助只暗寓真实的所在没有谁会是谁的神灵守卫谁都会置身于楚歌四面的包围

沙面痕迹 ·十二

什么是最初和最终的守候意外侵入的何止是风岁月流逝的背后看不清翻云覆雨的手变更的何止是红颜老旧漠然的是谁也不可以关照自己眼中自己的模样一任时光里凌乱无措地漂流不可及不可留的悲哀无奈写满的何止是一页纸的苍凉注不注定总有什么错过再错过换个地方换个时间也不过徒劳地交换结果什么是最初和最终的守候不能辨认的何止是风里残存的约定

沙面痕迹 ·十三

我已渐渐老去除了肌肤还有那日益苍凉的心如果那缕笑还如初相识的明媚是因为思念仍如初般不败不谢憔悴的不只是容颜还有容颜下守候的灯火伸展双臂拥入怀的是疾如风逝如梦的岁月青春的衣衫已旧谁可以再裁一身动情的歌已泣不出声心事掩埋的那一方坟已古若石头容我孤独地旧了去化不成任何一道明丽的亮彩容我无人察觉地散了去留不住任何一吻诱人的香气我正日渐老去不只是肌肤还有日益苍凉的心

沙面痕迹 ·十四

远远的远远的远远到永难相见最深的最深的深是深到命里的不知不觉可以悄无声息可以与谁都毫无干系无边无际的守候没有心潮的起落无欲无求的等待没有时间的疑惑一个人始终在距离的远端一颗心只会岁月里深埋缄口不言只因为无从说起无从说起的岂止是开始和结局溢于心的又何止一段不期的记忆每日的光阴一寸一寸地短去留不住带不去的又岂能——明示沉于最底却不是忘记

沙面痕迹 ·十五

我的阳光照在我的身上我的悲哀我自己穿上月光在梦里绽放而那河流的声响让我暗自流淌我的繁华是心底一帛锦绣思念是针是线是细细刺透的牵挂是密密驻守的遐想停留是穿于针线的岁月凝聚而飞舞的是永无人知晓的图案光辉灿烂于心际守望

沙面痕迹 ·十六

眼张望不尽心的路径耳听不真切来去的声音一夜叶已落尽一夜水已成冰一夜火成灰烬一夜人竟老去一夜只瞬息梦境一夜已历尽生平

沙面痕迹·十七

就让我沉默把心事消磨那些风来过那些雨来过那些浸蚀的月色我都不说我不说初见的心波那些溢满季节的快乐不说思念和思念的牵扯那些尽随世事更改的蹉跎我都不说只用烛火点燃黑暗黑暗里自己用来包裹用来沉默我不说昨日不再青春的爱恋恍然那些花叶开落都跌入尘埃那些心动魂飞的激荡和干涸我不说就让我沉默像石头一样没有唇舌让喧嚣拥挤的过往只在心底起落甚至燃烧和熄灭星光和烟火穿梭我都不说如果如果有些泪流下来无辜的眼泪里我依然不说也许比风更沉默和岩石一样枯仁

第二辑

0

光　影

阳光　穿透背脊
你站着不想动
明亮得　像棵植物

岁月留光

夕阳
仿佛镜里的火光
照亮往事的收藏

回忆没有真切的温度
却拼凑出当年的痴狂

旧日的模样
是夕阳下华光镶嵌的图案
穿透心房
烙上了不朽的边框

2006-06-03

眼界

心静下来
水就平
一层一层的清澈
是幽幽的眼波

触及的岸是树
树依傍的是山
而山的高处该是天
眼却望不到

2006-07-16

在五月

就让风吹透骨头
五月应该是鲜红的
敞开的心和盛开的花

遥远的向往有着宿命般的绝望
无坚不摧的不是意志　是岁月

五月的年华渗透了阳光
和阳光下无法遁形的阴影
最初的思念已经缤纷
缤纷地绽开　缤纷地散落

就让阳光穿掠心房
五月应该是鲜红的
绚烂得像花　赤诚得像火
无法诉说　所有的情感
沉默　可沉默不是选择
只因为深处的波澜壮阔

2008-05-07

沉默

让我安静成
一粒琥珀的样子
就此深埋

言语是有错的
那些闪亮的词句
是不小心的错
不小心把自己
包裹 胶着

应该是沉默的光景
用来覆盖的岁月已经很多
再多一层 无常
而来的冷漠
这就可以了

滴落的光阴里装满
自我的感触
一个人的感触总是轻忽的质感
别说 你跟我是一样的

2010-01-28

风从山上来

风是从山上吹来的
炎热的心情透过林子里的杉树
轻轻地摊放在风中　这就凉快了

那些　森林里
蜻蜓和蝉的薄翼扇出的风
水从石头上流经
带出清凉透明的风
枯败的竹枝里寄居已久的风
都是不会寂寞的生动　传言中的安静和欢喜

听　几声鸟鸣
划过树梢掠向远处的岩壁
清泉却从岩缝里洒落一串固定的旋律
路边的车前草是从诗经的风里传唱出的一支
采采苤苢　一怀的古音

都是风里的声音
甚至蟋蟀躲在夜的一角振动翅膀
大山里的岩蛙在星光下
鼓动着腮帮
追逐的都是风声

躺在如茵的苔藓上
享受风来风往
以为自己便是深山里的
一树花 一匹草 一泓水
野野地 在山风之中

2010-08-17

春懒

怎么可以倦得像一朵花
蔫菸阳光下 怎么就可以

谷雨的雨忘在春风十里的旧梦
春风不停 又过了十里

拐一段樱桃红的遐思软禁
唆使春天的躯体 守也不是 退也不是

迷陷季节的回暖 通体无力
仿佛失去流通的水域自顾涣散

无法唤醒 或者被唤醒
眼看着这个春天在意外的地方曲折
然后将即远离

2011-04-20

画

或者是信手拈花的起势　必定得借一纸的襟怀坦陈
笔就是最好的途径
浓墨轻描的胸臆　本有质地　经得起岁月侵袭　不褪不败的传递
你知道　那些由衷的心意　任凭四季交替
一线的时光里　执意的走向　虚实都是分明

1

以弦上的月光
历数　风的光景
一明一暗
时间的蓓蕾
蓄意和肆意
绽放和凋零

总有些秘密可寻
总有些细节不可蒙蔽

可以是水的痕迹
流淌的日月　以及
流淌体内的生长发育

可以是根的象形
潜入和探求的坚定

任凭黑和白的过渡轮回

还可以是叶 叶上的风
风舞的心意
可以是花 旋转的花信
季节里丰润和次第枯寂

拾级而上的歌声
都是逐波而归的呼唤
同样的目的
出发和留守的区分里
谁还是憧憬 而谁已经回忆

2

或者是一首歌的要义
必定得由光阴来传记

从春天开始的生长
仿佛都是在惊蛰的光线下苏醒
循序相认各自缘由的悲喜

轻吟浅唱的是水
水中的鱼 鱼的呼吸
引吭的大雁却是在认领一路花朵的归去

高歌咏唱的那些魂灵
相信都是在颂扬鲜活的爱意
就此相遇 以你的名义定义我的心情
那么 让我们贴近同一个画面
去洞悉生生而起的旋律

3

春天的跋涉
都有明确的方向
一如每一朵花
都可以有同样的希冀

时间的指向
都归根心灵的成长
从来的故乡　指向
远方的风景

像一尾鱼怀抱天空的空旷
像一只瓶装载倾斜的天光

流动的不是光阴
是此消彼长的爱意
一点点消磨　一点点闪亮
总在一场生死的经历
之后　圆满

那么　以怎样的名义来告知
这个世界的眼里和心里
以怎样的名义　爱着和孤立
满满的一页　却只凭生命记取

4

只是问破根底
真相的杰出总在于无法还原
迂回曲折之后
赝生的错觉层叠层的修葺
如何出落最原始的来意

歌不能 画不能
连爱也仅仅是一种隐喻
光都带着立体的温度
譬如时间的锋利 都有
触碰的伤迹 分割的欢愉
驻扎在任何一具躯体里历经经历

2012-04-16

照在肺腑之上

是不是 心已经老了
一抹阳光就足以泪流
仿佛痛失所有却又弥补了全部

一刹那的透彻 无法言语
只任他乡的太阳照在肺腑之上
袒露全然的感应 明亮

少年痴狂 恍如隔世地历经
那些未曾磨灭的目光
背负翻山越岭的迷惘
什么才是 一个人的 梦想

来的地方 早远离
却依旧无法确定
一生要去的方向 是不是足够天堂

2014-09-19

归来

我在月下醒来
夜于一个人的空旷轻忽
旧识的月光
领着魂魄 穿过
一群荒芜的云朵

风去了远方巡逻
远方去了流年穿梭

站在路的中央
我认得的方向
纵使半壁的野草已经埋掉
轻易更改的痕迹
可旧伤复发的残梦
总会隐隐找寻
那一年断开的流水

流水的消息 无法循序
却不容忘记

记忆的月光 在梦中醒来
一个人的梦于月光的空旷轻忽
像前言不搭后语的痴人

剪断时间　留下来

阔别的花朵
凋敝在往返不停的春天
花朵的华年
没有子房的交付
不作结果的时光
都背离拥有的期望

我和月光一起醒来
风吹不散　那么
再一次结伴　归来
而远方下雨了

2015-05-15

今夜晴朗

我在小镇的末梢打量
夕阳
散漫野草的时光
任由陌路的光线迷途

轻轻的 轻轻的
陷入一场风吹月光的演出

我唱了一首有缺的老歌
可是今夜晴朗
嗅到了远方的苹果香

2015-10-22

问候

茶是故乡
酒亦是
水就到了半途

煮水的晨
有了跋涉的意图

你在他乡　还好吗
我的水快开了

2015-12-24

回忆

我无法告诉你
关于从前 关于往事

同样的时间里
同样的事件里
我们的记忆
竟已生长得如此不同

1

是同一棵树上的叶子
谁随手摘下 又随手丢弃
你不知道 谁 又随手拾起
当作光阴的签名 前来印证

2

记忆 是长在水上的那一段
江畔和晨曦 我在自语
一个人舀出的那一瓢
是取走的 还是剩下的
你的那一瓢

3

渡口一直都在

时间却走了
我背离了岸　是的
却没到达对面
摆渡的船早停了　我没有等
可为什么还是错了

4
真相总在混淆我们
树木和森林都用来认领
青春都是大家的
日子却　各顾各了
不明白拒绝长大
怎么还是老了

5
故事是象形文
太多的符号背对着过去
引申前方的目的
谁做个梦比较大
我有些糊涂是梦把我睡过去了
还是我把梦睡糊涂了

6
只是后来　流水之后
你和我还在期待

2016-02-28

信赖

我看见
一朵木棉在窗外的枝头 开放
足以想象的红色 远而且真切
忽然就有了春天的温暖

温暖是有质感的
阳光和熟悉的声音 正在弥漫
我看见从前
信任 和依赖过的岁月 你知道 我没说的

2016-03-26

绿着

绿的 这么一句 太过单薄
从早春的嫩芽开启 绿就像 第一次心动 轰然击中的触及
如果需要 每个春天 都可以生长热泪 一如寻到一再丢失的自己

我说绿色 你要知道 仲春的深浓 隐蔽的不确定
暗恋岁月的人 就在此相聚 桃花梨花漫散的落英之后
谁不是相聚一次别离一次 视而不见的记忆

绿的都绿着 如果你说还绿着 我就知道
去年一起抚摸过的观音莲长大 而佛珠有成串的泪流下
暗恋岁月的人 就此告别 谁不是告别之后才会有重逢
只是不期而期的惦记 也绿着

2016-04-11

困

我困在了春天　出不来
雨打湿的身体　沉入春风就起不来
纠缠的长发被一一打开
春风的枝头却晒不干

春天　就像可以传染的瘾
开花和歌唱　都是潮水般迎面袭来
毫无招架的意志
终于疲乏倒地　一跤跌入梦里　涣散

恍惚是一尾鱼的梦里被水困惑
游还是不游　我囚在水中只想弄明白
谁却在岸边　支起了鱼竿
诱惑那一尾梦要不要出水来

2016-04-13

忘记的部分

夜是从山上来的
因为 我也是

追赶 或者被追赶的路途
后视镜里拭过的短暂面目
与夜色混入陌生的去处

陌生的去处
却都有相似的分明
比如 灯火都不是家
比如 远处都看不真切 而且不用猜测
水倒是相熟的流淌 不分昼夜

路过 或者过路
久了就不太记得住
时间的现场
我站的地方没有窗
心清晰得要命 却忘记
风吹过的时候 酒有没有醒

2016-07-15

饮马月下

如果月光醒了
我也会醒
我需要饮着月光过活

月光是天生的清朗
我是天生的自由 无法挣脱
所以我的脚步从风

丰神俊朗的日子
跨上风的就好
抬起头
我的骄傲可以驰骋远方的天

野在风中
我的长发多情而飞扬
爱就爱 错就错
世界不是路过 是过路
我不扰世事

自由是缰绳 牵着魂魄
纵横和游荡
其实逍遥也是种宿命
我多想一眼洞悉所有的真相

低下头颅
我饮食月光
我的温顺如同月光下的流水
流水寂寞带着蓝色的妄想
一如无法解脱的忧伤
情动未必不是劫　有情就伤

又一个草长的春天
没有归途只有上路
风生的时候　我便出发

2017-02-06

等雨

那么　可以上山
约一片云

一定要有艳阳
一定要有蝉鸣
然后　一棵老榕树的浓荫
刚好安放　期待的心情

风是迟迟而来
又旋即而去
植物有清凉的气息
四面八方的踪迹
那么　闭上眼　安静
风就回到身体　托起自己

等雨　其实是云的事情
而且闻风而定

2017-07-20

深别离

一树灿烂是让人落泪的景象
那就一起长在心底吧 灿烂的灿烂
反正春光就同生命一样 兀自生长
一世的光阴成像

一个人的世界
随由性命的光亮修筑时光
温暖和悲凉都自我开放
花一般开放 花一般别离
路过人间一场

云和水相遇
水和河流相遇
河流和高山相遇
山谷里的风和树叶相遇
时光和时光相遇
阳光 空气 白天 黑夜里
生命和生命别离

去往远方生长远方
归返春天恒驻春天

2018-03-08

月光鲜明

时间总显得有头无尾
谁在邻村的榕树下画了一场风
吹过来　就醒了

若有若无的起意　经不起寻迹
像一句无法记起的诗　唱不出
十八岁的倾盆大雨和刚刚涨潮的关系

总是不太确定
往回走的路　是不是比来的时候长
如果错得更远　会去什么地方

反正是要回乡
反正是路途　丢失的指向

天色早已变化
如何掸去沾惹的尘土
却忘记　最初的过渡
风没停下来　所以得醒着

时间都做不了等待
繁星散落　天空如旧
出发的时候　我已经梦见

所以醒着 我知道
原乡的月亮醒着
穿过苦楝树的春天 风吹就落的碎花
穿过第一声蝉鸣无改的乡音
鹧鸪唤起的词句里 再相遇 那个少年
反正最后都是别离

2018-07-09

一意孤行

我知道
秋天的色彩和次第的消退
知道 落花的风停下
以及神思恍惚的香气

比如烛火熄灭 年代失散
比如钟声凝固 星辰陨落 透亮远方

我知道 遥远如蓝色的牵牛 花开半日
我知道 季节的消息 以及周而复始
曾经 黄鹂的故乡 飘雪的瓦檐
我知道逝去 鸟飞过的痕迹 我都知道

只是 每个失魂的梦里 我都会去打捞落水的月
就像我知道 每至暗夜 总有人播种向日葵

2018-10-18

回顾

这是一际水域
想象的原地　就始终
可以深入的画面
流水的江河
流水的记忆

同样的暗光
清晨和入暮的差异
闭上眼　能分辨仔细
风向
从来都在表露

我喜欢是在早晨
薄雾的鲜润
仿佛围绕所有
这是一天的初始
像很多年以前

过江的渡船
我总不希望靠岸
妄想
可以一直在水面
看流水

一盏灯点亮

　像梦一样点亮

我记得　那条江的名字

此刻

我想要告诉你

生命里　一际水的流域

2020-04-03

记起

画下一颗星子
坐落的方向
印刻的水面
流走的一个季节

一只鸟
在夜雨的深处啼叫
落脚的梦
随风飞回

回应的心情
澄清此夜
记起的气味
示意从前长在的原地
你由来安静

2020-06-20

重阳

重阳
该是什么颜色

你说 阳光色吧
这样 会显得幸福

是厚厚的那种
一笔一笔的前情旧日
叠来叠去 就记住的
花落了结果 你留下的那种

是照亮和被照亮的那种
打磨过却又生尘 掸去的风
遮不住 又漏下的光芒
你舍不得遗忘的那种

是褪不去 却耐不住
一层告别 一层浓荫的方向
你忽然清亮的
眼见为实的那种

你明白 秋天
是这个时候 到底的时候

2020-10-25

听雨

夜　是口深井
我在井底　听雨

一草一木
我的世界
自以为然的
攀缘而来的
时光兑换过的记忆
有些疏离

我　一直在远离
远离他们
也远离自己
有些分不清

雨像一朵　一朵
花开　落下来
我坐井底
闭上眼　听雨

2021-10-16

不过远方

春是枝头的
我去的是远方
远方未至 未知的光

如果绯色 还未褪去
尘世最薄的色幻
那就赶在
我启程的背影上
轻轻飞扬吧
我的眼看得到的 始终

或者 离我最远的远方
是走过的相遇 所有的
回去 回不去的距离
风都掠过 牵涉
我一拢在怀 不置可否
只留下背影

其实 你早说过
我才是 注定的远方

2022-02-25

风景

季节的风
去了山谷
阳光落了下来

阳光的分量
比水轻　比风沉
披在肩上
明亮　大方

怀抱着岁月
你　微笑

忧伤　是粒种子
轻易不要抛洒
不是谁都能　开出花

你知道的风景
是生长

2023-11-06

线索

1

躺在梦的原地
我把梦里的线索
摆在明面

划开空气
牵连的空气
跌进云里
扬起流逸的路径

聚散
游刃的余地
像一句
映着晚霞的语句

2

云雾出入的词汇
从唇边吐露过的
心迹　此夜
被一层又一层的前言
复述　蜿蜒而行
深谙的　遮叠的语气
风却把声音　吹拂

轻涣　不计方向　宣告

3
摘下一段旧时
风烟　却陈述
辽阔的去向
飘飞　有痕有迹
循着时光　流动
落入水里　散在岸边
春天便在云中发芽

2024-01-13

灯火

灯火 一路
记不得的曾经
都在 三千年
三万里 去去

春风
穿越春风
今夜 如醉了

灯火是河
流光无数
阑珊处的相遇
都是 老地方

纵使遗忘
不教回忆
此时此刻
我却必须 告诉你

我和你的灯火
重逢故地

2024-02-10

三月

冷暖回合里
时间的春天
身躯 苏醒的念头
八百个

明暗交替的光阴
旧枝和新颜
站在 背阴的角落
依旧 赤呈
向阳的秉性

譬如一棵草醒来 春天
譬如一叶梦醒来 春天
譬如你 譬如我 醒来
春天 八百个自己 醒来

2024-03-01

梦里江南

（组诗）

季节 风吹着醒来
春天和人又一次相认

题记——

每个国人都有一个江南吧

历史长河里流露的江南

诗词歌赋里传诵的江南

文人书画里描摹的江南

还有 你根生土长的江南

还有 他打马而过的江南

谁回目不曾忘怀的江南

而我的江南总是梦里的

仿佛渊源于江南的血脉 却又隔世的远离

江南似是而非的梦 梦中逝水流年

花朵云霞流淌的记忆 关乎想象

关乎情动的江南

就像 我说 一朵云打江南过

你知道三月的梦回 双燕已归

一 也许的乡愁

我的江南永远是梦里的

梦里游荡的江南不能用来捕捉

因为充满了不留余地的想象

我只能确定那些水是从江南来的

梦里

我的江南一直挥之不去
如同对故乡的惆怅
长长短短却始终不断

烟水渺渺
柳是待发的春情　却遮掩一再老去的光阴
落日冉冉
余晖落在水里荡出金红色的念想
这一湖水就用来思念了
那么　这样的黄昏是用来圆缘的
仿佛用白发的笑颜凝望十八岁的湖畔
不用张望　始终是不可拒绝的流年
一带枯荷的记忆　缘起缘落
连着花连着果连着仍然的生机

梦里　我知道我曾经等过你
用黄昏和黄昏里乡愁般的牵挂
从青春一直等到青春的回忆

二　半阕烟雨

雨是落在梦里的　我知道
一夜的雨可以继日　像情

江南也是梦里的　我知道
江南的雨
是谁用酒酿出来的迷离
从此微醺微醉地飘曳

仿佛细细密密的心思隐一半 显一半
断续的芬芳更让人沉溺
潮润的呼吸甜蜜一半 伤感一半
多情才出落江南的雨
而且缠绵 丝丝缕缕
像相思郁积的心底
除了眼泪无法表明

我知道
有一半的雨已经下在了从前
还有一半 就该打湿如今的梦意

三　湿湿的旋律

我和衣而眠的梦里
江南是一首绵长的情曲
缥缈迷叠的曲调是水波轻漾的涟漪
起伏着绵延的醉意

那些水巷缠绕的心情
仿佛最深的情衷 无法言表的顾忌
在心底曲折蜿蜒 不胜酒力
迷迷离离不着边际
浮生出相思无力 倚梦而立

也许 你无法得知
其实 我一直都在想你
就算梦里 沉浸

江南无边无际的旋律

四　春情

风是催花而来的
一支桃花的绯色里
春梦寻迹
氤氲飘忽的春意
是扑朔的眸子润开柔情
水便恍恍惚惚　旧情待续

江南便这么弥散开来
潮涨的心绪　春天
用水弥补缺失的憾意
无法阻挡　春和春心
尽管梦里　一切终究是轻

五　三月的流韵

从来就不想告诉你
我一直都在等你
其实　乐意
是一种晴朗的美丽
温热的呼吸就像桥连接隔水的记忆

隔着水的顾盼

就有了荡漾的流韵
檐下的春风是用来苏醒和动情
你来不来 请随意
有一种等待就像梦等待梦境
而记忆的三月
已足够等待江南的花红柳绿

六 水巷长长

离别的时候
是一条水路
船橹的声音也带着水气
潮湿的柳 绿烟依依

水巷长长
仿佛梦里的时光
临水的茶楼会是谁相约的地方
谁会不会已忘
而谁又会如期而往

七 温一坛时光

阳光用作窖藏
大概也会不一样的甘芳
酣畅本来只是心情

酒和水也一样

春醉在江南在后院深巷
当年的时光
也只是梨花风杏花雨的一场
状元红醉的是功成名就
女儿红醉透了情短情长
一坛 一坛
物非 人非
痴酒还是梦最长

八 梦乡

是夜
长缓的依然是水
远远的还有桥
呢喃的灯火有些迷眼
檐下阶前 船已归

归来的时候
星和月常常落在了水里
摇摇晃晃就容易醉
还有的时候
竹笛和箫开始在夜里徘徊
江南的曲调更容易沾湿衣衫

风始终是那样清润而且牵绊
徐徐而来徐徐而往

像安慰更像召唤
谁听见恍恍惚惚的催促
亲身前往一厢梦的开端

九　春色

也许风过发鬓
带动了心
相熟的气息在慢慢靠拢
闭上眼睛　我知道
多年以前就梦见过你
那时年少
金灿的阳光开遍四野

花也是遍野　无边无际的金黄
风也是遍野　起伏有致的烂漫
最简单的快乐尽兴地展开
记忆有时也不能确定
一个梦究竟可以往来多少年

我知道　阡陌上的你
呆在菜花的深处
或者就躺在清甜的风里
似乎的梦里
路过青瓦白墙的屋子
蓦然和你相遇
你的眼风跟近　唇却欲言又止地开启
我的心跳便开始旖旎

我知道 在江南
是我撞入了你怀里

十 无边故梦

流逝的时间
一直停泊在别的方式
那些旧址的故事
有人写 有人唱 还有的也会埋藏

都是隐隐约约地流传
有些真迹总会归来
像不由自主的梦 真相难断
却又何妨

画舫歌船 曾在水上生长
红粉灯火 惯赏 醉花迷月
水榭楼台 那时 倚窗红颜正好
软语娇风 红罗青纱歌舞忙
酒入情怀 不过风月无畔

胭脂香粉终作了淤泥河垢
风尘凋落岂止 人世欢情残爱
古来流年逝水 依稀秦淮
故梦无边 远过江南

十一　血性

传说隐藏着一方水土的开初
而一池湖水　深处总是时间的倒影
那些陨落的星子
机缘的矿石　都带着传说中的使命
在龙泉　水火并济造就的　不仅仅是
打铁淬火的秘密
铁血锋钢也是江南的血性

锋利是力量的出击
坚韧是力量的内敛
至柔至刚都是利器
剑脊之上星光乍现　利刃之间寒水耀冰
以剑的姿势　削铁断金　饮血夺命

历史是一次又一次拼杀的结局
剑一开始就是兵器
用来捍卫也用来入侵
用来杀戮也用来平息
剑出手是为了主宰意志
剑的血性是一种不屈　纵使挥向自己
而不屈是生命的高贵　活的血性

十二　蓝花布

就像一匹又一匹的梦在风里张开

蓝色的布　白色的花
似一种久违的幸福
有些简单　有些平淡

蓝是最初的情怀　白是不变的等待
所有的花案是时光也是智慧的相伴
用岁月沉积出的朴素
总会韵出难以磨灭的美感

像故乡的呼唤　像情谊的温暖
那一种亲切是挥之不去的怅然
江南　江南　那样的蓝花布
总会在梦里轻轻展开

十三　游园

回廊清秀
像女儿的心事　蜿蜒
有没有脚步　都是静静的
一些风声响了
拭过瓦檐　掠过门楣
那些窗是在墙上
风可以穿墙

空窗是画　不用装裱
一年四季都鲜活
漏窗就成了诱惑
那些花窗雕窗的缝隙　光和影就有了改变
遮遮掩掩惹得想象就此牵连

唐诗宋词也会在园子里迂回曲折

游园其实是从眼睛开始的
有时 在想是眼在编织心
还是心需要动了再静

十四 永远的缠绵

雨说来就来
像剪不断的情缘 丝丝魂牵
撑开伞梦就回来

当年的油纸伞
已经遗失久远
谁跟谁借 缘分都过了几百年

永不离分的誓言
只是痴人痴话的时间
桥从来没断 断的只是肝肠

梁祝早已化蝶
而谁是妖 谁又是许仙
谁是中榜的书生 谁又是当年的苏小小

三生三世有多长
谁该等谁多少年
一汐湖水的缠绵怎样才是尽头
而陌上的花又一轮开了

十五　傍晚

傍着天光看晚风渐渐
漫天的云彩
在流水上灿烂
像依稀的从前　流淌轻颤

水桥边的倒影依依又现
谁哼着小调在洗衣衫
谁在廊檐下轻呼调皮的小孩
杨柳春晚　也有谁
一碗老酒说着才子佳人的戏文
而谁家的二胡拉响了
茉莉花般的小姑娘正倚着栏杆

江南水长　绕宅绵延
多少人的江南却只剩一缕缅怀
那样的傍晚已经失散
衣丰食足　温良闲淡

十六　雨巷阳光

同样的悠长　悠长而又寂寥
只不过飘来的已是阳光
一条深巷
依旧是相逢的地方
初逢是结着愁怨的丁香

一路的阴雨凄婉迷茫

彷徨是交错的目光　梦一般飘过

丁香的芬芳和丁香一样的惆怅

一把油纸伞的雨巷远远地断在梦的一旁

而重逢是等待的心结

这一次的长巷却洒落灿烂的阳光

江南的姑娘开着丁香花的笑靥

竟然已不记得从前以往

十七　静水深茶

这是春天　明前的春天

小桥流水的安然

犹如一沏春天的新茶

绿水鲜汤

清澈一段时光

顺水舒展　身和心

都有起伏后的恬淡

悠悠的清香带着风的滋味

细致而甘美　浅显出轻盈的欢喜

或者虎跑龙井本只是一种意境

干净而且醇洌

干净是心的从容淡定

而喝茶

品出的都是自己的心情

十八　紫砂壶

是泥的神奇　土的温婉
一壶的心意
最初是为茶而来的吧
岁月流远
传说也难以为据

这江南的砂泥真有灵性么
不然何来那么多人
为壶痴　为壶醉
不同的泥　不同的水　不同的壶就有了贵贱
茶的好坏甚至也由壶而来
而茶水有时就只为了颐养壶的矜贵

不同的人世尘心总有不同的滋味
壶里壶外　冬去春来

十九　逝去的记忆

镂空的光阴留一条来路
阳光下显得富庶而又明亮
纷飞飘落的日子依着年月
一路铺开　再堆砌

历史　总被一些记忆精雕细琢
有的凸显　有的空落

最初的鲜艳都被风侵雨蚀
旧时的风光也会凋零散落
残缺是一些曾经
来过 却了无痕迹

也许一扇雕门 一道花窗
都可以象征一个时代的全部
只是当一个家园都已经没落
那些门和窗的意义是不是也终将寂灭

而江南的风物
不知还有多少经得起沦落

二十 一场

就这么来来往往
我的等待只有一场
阴 或者晴 或者雨天
没什么影响
江南的时光在水里流淌
江南的水在梦里徜徉

乌篷船是简单的航向
明 或者暗 或者暧昧
总是天光和心情
我的等待是邀请
我的邀请只是巧遇的梦境
就这样一个梦

远方只是心之所想
水 或者桥 或者石阶
其实都是路在接引
上船了就不要问哪个方向
那只有梦乡

你来了
那一记凝在枫桥的钟声响了
时间一直没变
变的只是尘世的相遇

我说喝杯老酒呵
茴香豆悠长 霉干菜有足够的阳光
渔火亮了
渔火亮的时候远处看得见人群
想必灯红酒绿 纸醉 金迷
你的眼光会不会犹豫

靠不靠岸不用权宜
凭心 就没什么不可以
梦其实也只有一场
何去何从 梦比人容易清醒

二十一 旧韵梦造

其实 不用打破的格局
梦都有相似的原因
整装待发的心力

今夜　就一起造个梦境

还是在水乡吧　那个地方已经熟悉

水际依旧是断续的欸乃声

你说过怀旧　那就选择黄昏的光景

落霞荡漾的水里　小船徐徐靠了岸来

拱桥不远不近　青石板一如旧境

初上的红灯拢着一团明亮

酒旗在望　倒不如酒香来得劲道

造梦的夜里有什么不可以

不过是一个心愿和一场相遇

酒需逢着知己　言语没有意义

喝酒就是一段心满意足的真情

倾心　一醉一梦都有相通的路径

酣畅之后依旧是相忘于江湖的风景

二十二　旧地重游

前尘往事

已是灰飞烟灭

怎样的刻骨铭心

怎样的魂动神牵

也不过风烟散尽后的清寂

人海中

要怎样才知道　是你

那错肩而过的　不是你

是不是

总有些前缘未了吧
总有些旧情待续吧
前世的我们有没有永恒的誓言等着印证

小船徐徐
缓过那道古石桥
两岸的葱郁
可是当年秦淮旧梦依稀
潮润的空气
恍惚是你眉睫沾惹的雾气
水波轻漾
风里残存的可是你唇边的气息

冥冥中
谁又可以让我们相遇
在今世的春光里

二十三　你的江南

你的江南在雪里
在腊梅的花朵里
磬口的　素心的芬芳里
在长街深巷的院落里
掩墙的一支绿着的竹枝里

你的江南在风里
在问候的那支红梅里
雪瓦花窗的透露

你说 思念尤其在江南
还有暗香疏影 还有的绿蚁红泥

我的梦今夜就停在你的记忆
在江南 停留在你独钓的寒江里
那一片片的雪花开始飞舞
重重叠叠的除了时间还有梦和诗意

二十四　相遇

江南多雨
像故纸 旧梦 一册画

山 空蒙
水 苍茫
仿佛记忆中的天气里
又一次走进 前尘的故地

如水的光阴 逝去之后
远去的都还历历
仿佛波光潋滟的心底
一切如初的倒影

只是山路水程
千万里 之后
此岸出发 彼岸回返
一座桥上
来的人和去的人相遇

第三辑

迎　风

你说　逐光而居
从此注定逃离　驻地
世间没有一劳永逸
向前　向前　向前

心境

我喜欢在心里放上一个原野
看不到边际的野草和鲜花繁茂
还有一脊起伏圆润的坡地
坡上不知从什么时候就屹立着一棵盛大的古树
枝繁叶茂 蓬勃的弧度一如天然的大伞
透出安详和亲切的保护

我爱在这树下凝视
站在高处 有时眼前是阳光下的清新鲜艳
深呼吸就好像可以吸纳好多的光亮来
更多的时候却是一轮明月照耀下的静谧和甜美
柔柔的 迎面的风吹来
一呼一吸之间都有清凉的愉悦

偶尔 静下来 到这树底站一站
微笑着看看 心境之上悄无声息的生机盎然

2011-08-28

断断续续

1

所有的真相
在落地之后就无法再还原

2

光阴用来虚度就有虚度的光感
颓废有颓废的厚重 无病呻吟的劫难

3

黑夜是逃叛的通途
众神遗弃之地上引领自我 安然的惶恐栖息

4

越说越不明白 越不明白越说
始终循着更改后的河道溯游 而源头已逝

5

固守 有时其实因为浅薄 因为狭隘
没有谁可以告知那些真实的界限和无常的变换

2008-01-08

散句

1

用想象穿越想象
得以修复的境况
脱落和生长　一些形状
真实附着之上

2

此起彼伏的不是时间
时间里只任由细节堆放
一直　堆放到水到渠成
一直　堆放到覆水难收

3

一些过程的参差和衔接
有感而发的意义
生命用来装载
此消彼长的梦和现实
梦和现实一样都会成为记忆
而记忆其实都是逝去

4

乍暖还寒
寒冷也是一种热度

以身体衡定
就像颜色用眼睛界定
温暖的光和反应
激情焕发不一定因此热烈
有时只在冷落太久后苏醒

2009-02-18

通向

世风 风行
当下的幸福生命
过程比结局重要 我却还在怀疑
不再去仰望和揣度远处的光景
真的就会悟出 无忧无虑

为什么 我总感觉
这样的境地 有种迷药幻觉的成分
有妄图 有麻痹 断章的取义

语境都有不确定的边缘
就像荒芜的城堡都有辉煌的曾经
而肮脏的市集交易 也有着田园牧歌式的过去
伫立在现在 是否就该拒绝去探寻通向哪里
背道而驰需要强大勇气 或者疯癫病史
疯狂的疑惑 或许才能触碰那些坍塌的南墙厚壁
我不是病人 我还有苟且的退路

可为什么 现在
一面追讨自己的过去
一面忧郁无法预知的未来
以为 这才是做人的正当途径

2014-09-19

与时间无关

时常
不懂安排自己
不懂打发梦意
你会不会和我一样
觉得时间不够呢

生死相连的日子
后会无期的青春和终将逝去的未来
有事有时我还会惶恐 飞逝的光阴

可是岁月 是不是一定有着
那些与时间无关的部分
如同 沧桑的划痕留给老去的容颜
动人的传说却生长在遗址上空
古老的密语透过不期的画面 铭记
封存一千年的莲子依旧保留那份无缺的生命
而山川更迭 一个个世纪的光明
牢牢镌刻出文明的意义

你的眼睛里我看出
宽大的时间笼罩的过去
我的心事重重 是因为时间继续
前方的途径最想知道的那段总是不清

是不是一定有谁
可以打开那扇和时间无关的门
怎样的我们
就可以进入到里面
去修葺日益破败的身躯和残散的灵魂
没有时间的限定里 去光辉我们所有的初衷

2014-09-19

措手不及

夜在灯的前方伫立
你无能为力

时间在某一刻虚脱
那些入土为安的前尘
盗坟掘墓般地被撬起

你无能为力
眼睁睁看着
那些曾经活过
还是曾经死去的证据
再一次散乱一地

2016-03-30

其实

我总是容易把路走进水里
恍惚得分不清来去
就像身体沦陷的四月
一半明媚 一半被打湿

欲罢不能的倦意
却从梦的边境引渡
一丝清明

注定的溃不成军
春天的凶猛 花潮和绿意
自以为的意志
其实 风一吹就迷失

2016-04-06

梦魇

把夜流放一隅
梦游般站在这里

如果梦里
不明就里的错觉里
春天还只是比拟
我就还在失忆

相遇和别离
仿佛隔了段生与死的距离

还在梦里
时间只在枝头的缝隙穿过
荣枯就做了交替
谁能把今生扮成前世的模样
诡异　而又触目惊心

2016-04-07

还来

我不再想前往相遇的站点
传说中追捧的全新自我
空洞的热烈就像广告托词
假扮金子的光线遮盖真相的不堪
众人的鸡汤都是口水
说走就走的旅行
大多投入一场自欺欺人的血本无归
谁会在意 也没有谁埋单谁的归途所在

在我前方的去处
请撕掉那些伪装出来的励志光辉
我要关上那扇演出精彩的成功华章
那些游说 那些迷人的把戏
我都必须撕开扔掉
我越来越不喜好
这个世界越来越装扮得善良和宏伟

我无耻的私心
是因为我始终学不会
把月光铸造成俗世的恩爱
以及能够卖出买进的光阴来
既然不懂既然不会
蠢笨如此 我就不再去学会

守着老旧和破败
我带上自己的斤两
不想穿上那件新的破烂

岁月
请把我的旧衣裳还来

2016-04-15

别了，卡西尼

生死至此 已然
二十年 天上人间

少年白发生
星际 落尘埃

总觉得相守的星光
一直和记忆是一样的
一样闪亮 一样遥远
一样是用时间冷却过往

以泪的温度
铭记 此刻
与呼吸共存过的曾经
原来都将 陨落
可燃烧过的光 记得
飞越星海 抵达着向往

（北京时间 2017 年 9 月 15 日 18 点 32 分

土星探测器卡西尼号（Cassini）发出过最后一个讯号）

2017-09-17

看见

我看见时光 飞逝的去向
那就在退后的地方 再次寻找

去找一颗星星 然后涂上光
像春天燃烧花朵 像逝水凝住月亮

黑夜和长河一样 流淌时光和忧伤
星辰和大海相同 有映照中的命途
那么 一生度日
我就在眼里 寄住星光

2018-02-11

清明　清明

雷暴雨来得正好

闪裂的轰鸣　正好

雨水烈烈倾倒　心野上

我刚种下远山的桃花

古早的烂漫已经留下

必须水　电　光　和鼓胀的情绪

来去一场　春天和成长

其实光阴使命

没什么太过重要

清明的清明　是顶上而来

天上的水透过发　透过身　透过心

生长就从心底开始往上

你站在这里　敞开　没有选择

欢乐和耽溺　悲伤和歌唱

飞逝的星光和明灭的灯火

天空和大地一样　生杀予夺

2018-04-05

意义

时间 过去
纵使谁真的忘记

过去的时间
总归是有了距离
纵使还有迹可循
反正是回不去

赋予时间的意义
不过 让未来有了期许
就像 花开期待结果
花落也是

2018-05-16

秋语

1

秋天的雨　是有方向的
清晰而且深入

2

秋天　容易自己贴近自己
像雨水贴近成长　植物完成辉煌

3

修复不是还原从前
是告别的一部分　用来新生

2019-10-22

陈情

这个时节的雨
有了循序的预期
进程里的冷空气潜入和显形
只是我还在翻看春天的词句
还在逗留花朵间的明晰
仿佛透过气味去辨别流逝的云

所以我的季节还无法递进
所以风吹过我的神色
有些不合时宜

到来的冷雨
不是措手不及
我只是假装遗落了现在
去往过去寻一寻

过去的蛛丝马迹里
我现在才明白的道理
可以一一对照的原因
就像为什么那么多的牵牛花里
我只中意蓝色的那一种　再或者
我梦里总有的迷途
可以赶往从前的哪个地方　预先画上标记

我以为春天是开始的缘由
所以才用花朵比喻年华　不失距离
可是　我无法用现在的情感
去描摹当初的眼眸
就算自甘落入时间的假想
也是无法背离结果的现场

我知道初衷的缘起
不过是和自己分离
我的每一部分
在每一次经历的相遇
和万物都有了交换　当然还有你

2019-11-17

说的还是春天

题记·春天——

一直把春天
当作开始　和重新开始
时间地点和我　我的春天

你记得的　和我记得的
一致与差离
从前和现在
谁又曾　作别

春天
——抚摸的光阴
柔软的去处
谁又曾　忘记

一句话　一朵云
一个字　一江水

映月的眸子　也映出花开的故里
一千年都不是过去

你穿过雨水

久远的节气

打湿的路径

此刻 花还未发

天色不急

像是忘记云朵的暗荒

而来的你

更像花的本意

等待和蓄藏很像遗忘

只是空落落的地方

已被生机占据

异样的雪和冰雹该停了

我说的还是春天

还原的时间

我确定的 所有

你穿过雨水

新年的泪

打湿的路径

此刻 我正在春天 期待春天

2020-02-20（非常的春天）

白露

1

秋风白露

我想我是错了

却不知错出自哪儿

情绪的跋涉

落差的深度

风就停在那里

其实　你明白了

自己完全可以构陷自己

3

风凉了

刚好伪装清醒

丢弃　包括梦意

主动和被动有什么区别

4

你说　回忆也是一种想象

我愣在原地　开始回忆

那些自行衍生的过往

脱离时间的真相

仿佛修正自我的品相

5

你说

不知道 一只特立独行的猪 到底有什么好

我就在想 人群中猪的数量

6

清晨 一个夜晚之后

有人乘兴而归 有人便扫兴而为

2020-09-07

保持

保持仍有的愤怒
就像保持燃烧未尽的余烬
还可以点燃的温度

保持那样的愤怒
冲荡的力度
就像羁绊的空隙间
无法阻隔的自由
梦一样冲破　禁忌

点燃是复活的一刻
覆盖整个希冀
振翅俗世的肉体
可以飞的程度

这个世界的黑暗和破碎
都是清醒直面的理想
舍生取义之前
你必须　明白
舍的谁的身
取的谁的义

2021-01-30

自取的光

我走过的路　和你不同
我的向往得从背面观望
就像越来越远的过往
我从青春的背面　再出发

曾经的少年
从出走的刹那　就没有归来
我的沧桑由内而外
苍老的眼神　容纳了更多
所以　我的坚定也由内而外

明知的一切都该来了
我蓄势待发　对着风和雷电咆哮
春天已然老去　我不找寻
却不让渡　自我的光阴

时间积淀的尘土用来筑路
我修葺荒废太久的歧途
不再理会旁听的真理
我固执己见　就这样吧
不可理喻　毋须理喻　此后

自取　一束光　我照亮自己

就算借来的 也决计不还
确定 自己走自己的道
每一天相待 不是余生 是新生

2021-05-04

自顾无暇

1

我的心念出击 杂乱无章
分崩离析 溃不能守
只瞄准呼吸 徒劳无获的自闭

2

我的神情淡漠 里外剥离
一棵黑暗的向日葵 越过地头
颗粒无收的骨干 屹立

3

我的辞藻崩塌 自行主张
像逃亡的 流亡的
无数 人民的个体
不关心世界 只关心
顾不全的自己

2021-08-23

后来春天

1

蝴蝶和花
都可以入梦
飞起来和飞不起来的梦

2

省略　但不可以在春天
阳光就是透出来的
不可阻挡　不可遮掩
譬如　有和没有的爱

3

把后背交给光
暖留在胸膛
一个人　依靠春天
其实就可以还魂

4

一个下午的阳光
够喝一壶　茶
春天和老茶
时间就过去很多年

5

很多年 时间过去
岁月后来 就站在身后
一只黄雀 不是追讨
逃不掉 伺机而动

2022-02-24

旷

旷 是一种状态
是不在状态的状态
魂灵之于身躯
隔离 一片云的距离
烟火之下 不及的虚空

疼痛才唤起 真实
伤是一种道理
孤勇一腔 不过自证
平庸为人 谁不是有所期待

所以 还是要去 接近
光透来的方向 不放弃

2022-03-23

是夜

1
天空抵达想象
所以 凝望的方向
尽管夜 已经填满
夕阳的余烬 深夜 仍烫
可是 月是清凉的

2
今夜
一床的月光涌动
我睡在月光里
就像 想象
很空的余地

3
不靠近梦
节外生枝的照耀
不再用于交换
平生的平庸

4
和自己告别
每一天 之后
月光就是故乡

2022-07-14

祛暑

1

人不可能永远活着
我总是　差点忘了

2

流水光阴　我偏爱
以一花一叶　障目

3

风雨流云之气
烟火饮食之气
驻留　同一身躯

4

时间的沙砾
可曾擦亮　星星

5

以梦为马的人
最终是葬在了天空
还是归还大地

2022-07-23

也许

要知道光到来的方向
花的身体唤醒的规律
还要知道风的结构
穿过身体的内部
你被阳光疗愈的深处
背离时间的要素

那么
还有什么遗漏了呢
你得连接上光
很久以前
你就是世界的一部分
明和暗 生和死 都在
也许

2022-10-11

像

像最后的艳阳
照耀落满尘灰的遥远
你听话得像朵花
不挪动也不抱怨
只在梦到来的时候
撕裂自己的胸膛

所有的经历
搭建错综复杂的镜像
你以你的经验割破往事今生
对错怀疑　光线透过光阴
会进入的暧昧不清的界限

轻易　不要去求证真理
就像不要去求证真情
人性有背着光的最锋利
不留意　就伤

2022-11-23

一个阳性的下午

冬日今日 阳光
以民谣的质感投放
时间的后劲

眼前 事物
透过记忆扫过的阴影
露出随意的苍老

带上故事性叙事
就容易继续 共情
风关在窗外
不便打搅 世界

阳光 依赖角落
呈现 一首歌的基调
清唱 自己

2023-01-07

那些花儿

天空如叙 季节的风往
大地的果实里 花儿的去向

1

她 记得人的手
甚至多过脸孔
往来聚散
手的表情 更坦诚

她有她的密码
相认这个世界
爱上她爱的人
已久 云开月明

她 可以忘记昨日
却忆起黄花的香

2

一粒种子的江南
去了更南方
她 已被月光晒黑

却一贯勇往 不拒磋磨

灵巧的手 编织
跳跃的心思 沼泽
忽隐忽现 越过俗成

不老的心智
放逐 不渝的春天
花的朵 随遇开放

3
悸动的名义
却架构 一隅的安定
她平息烽烟

光阴不曾偏离
花朵子房的成长
有窗的房子 不困星光
她自成 她的本分

身躯里的岁月
开始平缓 互相宽待

4
她们都老了吗
她却老了

2023-09-24

仰望月光

你说以诗仰望月光
于是 我真的开始 仰望

身体里盛存过的月光 升起
所有自知之明的光阴里
被月光返照的记忆 升起

与月光的关系 久远
又如何能细诉衷肠
——道来 也无法 自圆其说
重要的是 要有光

敞开的 流淌的 更迭的
甚至 深邃的 渗透的 蕴藏的光
我仰望 月光 升起

召唤而来的时空 相叠辉映
一个人 与月光 独一无二的命定
接纳的天地 照耀千年的光

孤独 生长信仰
我信赖月光 磊磊的明亮
能修复所有背光的伤

2023-09-29

阅读

阅读一棵树 此刻和四季 向阳和背阴
阳光和雨 一路的光阴 充足和仄逼
你解读一棵树 像试着解读自己
岁月里 天空和大地 一棵树的努力

阅读一朵花 从前和此际 种子的注定
根深和叶茎 一怀的向往 孕生绽放的意义
你探望一朵花的今世 犹如观望自己
无改的时间 生命和热爱 奔放的继续

2024-04-24

第四辑

起　舞

花开的时间　草长的时间
有点像　人温暖人的样子

呼唤

静静的
有呼唤在旋转　在起伏
如远方
翩舞的阳光
期待生命的抚摸

呼唤从海里来
像空干的海螺听到浅浅的潮语
等待梦里的归来

呼唤也从山里来
空山老林的松涛
随着山岚飘来
月下就有了低沉的企盼

有时呼唤
从一幅画　一个字　一朵花
甚至一杯茶　一片瓦
一弦琴音的深处袭来

突如其来的呼唤
一次又一次
渴望就从心底茁壮

那些幽囚在最底的妄想
有一天就像泉水喷发
热辣辣的温度让血液沸腾

而呼唤的方向始终指向遥远的光亮
回应的脚步从此注定了追逐

2006-10-19

故乡

策马游牧
奔放生命的旅途
我的热血沸腾起伏

把家筑在每一个 草丰水美的地方
任山高水长 我的羊肥牛壮
我的歌声嘹亮
飞过马蹄穿过原野
追逐着鹰的翅膀
我的欢乐在每个黎明的前方

我的豪情固守着流浪的梦想
血脉中不曾停歇的渴望
驰骋在不容我回顾的地疆
来的地方是故乡
去的地方是天堂
太阳的光芒有万丈

2006-05-30

牧归

我是归途的牧人
远方的人　请静静等候
用酒用肉
还有浓浓的歌喉

我在天边的夕阳里策马
让风送我一程
满身的红霞随衣衫起舞
牧人的心从马背上飞出

等我回来　远方的人
请用酒用肉
用浓浓的歌喉
暮色里望一望啊
我的微笑就如当初

2006-06-21

遥远的凝望

夕阳
织就最后的灿烂
金色的纱幔就像思念的目光
远远地铺望到了天边

炊烟是温暖的
像久远的怀想
飘荡起来
成了旗帜的召唤

时光爬过坡地的时候
牛儿还在吃草
金色的薄霭里
偶尔的羊叫
像是从遥远的从前传来

什么时候的从前
我或者是个牧人
草丰水美的地方有我的帐篷
一样的夕阳
一样的金光铺洒
金色的笑靥在我的脸上盛开
而你却在马背上歌唱月亮

2006-10-20

迹象

我想在向阳的坡地 种植月光
那些极易生长的月光
就从古老的山谷顺势流淌
我想在风端系上歌谣 悄悄地
让想念的心房不觉中轻声和唱

所有的夜窗开启
天边的月光就有了返还的去向
一些水的声音 一些火的声音
还有星星的声音 花的声音
沉睡里还有昆虫和树木的呼吸声
包括所有的心跳和足音 都在一一回应

一些甜蜜在最早那枚檐角的风铃里透彻
一些幸福从破空的风声里降临
还有快乐 一直在丢失和寻找的 不断的快乐
从阳光的坡上披戴着月光来去 乐此不疲

久远的家园是在钟声汇聚的回荡里明亮起来的
还有伴着的呼唤 甚至在梦里都能清澈流传
一场团聚 就用月光的圆满起始
传唱的歌声有不知不觉的维系 像根的迹象伸展延续

2007-09-25

心舞

当相聚和别离的时光流离了身体 一些记忆沉积
当欢乐和忧伤的记忆逐渐淡去 裸露出痛和苦的根系
爱人 那些在心底滤了又滤的无法褪去的依恋是明亮和透彻的
就像没有你 我便无法看清楚自己
那些方向来自距离 那些目光都落在心底
世界是你在我心底的回映 也是我在你眼里闪耀的瞬息

那么 当天边的流星纵身时光的渊源 这一瞬
就让我为你献上一支舞 爱人

用最早相识的喜悦来作前奏吧 不容更改的初心一直藏在最里
站在最初的地方 抬起我清洗后的容颜向你献礼
轻轻的 像是细雨滑落的脚步 难以觉察地踏过心野
那个时候我便以心跳击打出鼓乐的节律 开始一支舞曲

像春天的风吹开发鬓 那是唇边流动的气息
像水岸边金色的沙粒被风吹起 时而飘升时而飞落的身姿起伏舞起
那些在波光间闪烁流动的阳光款摆的是有致的腰肢
恰似花儿在水面旋动的一个转身里眼波流溢

像火光飘忽的空灵 是手指缠绕出心的深意
钟情的炽烈 渴盼的追逐和向往
是舞动的臂膀有了翅膀一样的风向 起飞和停留 迟疑和决然的交替
终于停泊在月色中庭 像停留在夏日的枝头 以明艳的一朵花色绽放

轻点着舞步凌空飞跃 回眸的刹那再轻旋 急转
那一刻 仿佛一片秋叶飞扬的弧度里有了锻金鎏彩的归去
衣袖划过长空的寂寂 是别离的挥手 是守候的致意
无声无息的停顿里让绚烂和衰败靠在一起
让怜惜和决绝在同一点相依

张开怀抱 让衣襟落满风落满尘落满晨曦落满暮霭的变幻
那些渐凉渐硬的流失仿佛凝结的雪花有着独一无二的情致
落下 堆积和融化
那就到了最后的一节了 最后一节的暗光和颤动之中
是伏地而泣的告别
谁都有一个理由打湿整个世界吧 冲洗掉那些虚妄之约
 就让生命保留敬畏和感激

恩爱和情缘都会随着身躯的腐朽消散 在消散的一刻间 爱人
请记得曾经的一生 曾经的相守和离别里
我为你献上一支心舞的谢意

2007-09-28

瀑布

站在流水的端口
甚至不容启唇
过路的风声早已听得明白
那些飞奔的心事逐水而来
别说谁的声音太浅
有太多的情意冲荡 不知如何去分散
倾泻直下 不要说谁的袒露没有章法

高山和流水的相伴
山岩就无法恪守沉默的胸怀
纵情一场欢爱不需要进退的疑难
动情之时 没有情怀不懂澎湃
心的呼唤总是回落在心潭
起伏跌宕 一百年人世又如何够羁绊

2007-10-11

相逢的路上

其实 我在把一些记忆寄放在远处的钟声里
让敲击和回荡变得漫长而悠扬
那些漫长的悠扬会落下来 落入行走的风
风的声音便被轻轻笼罩 再穿透
这样就有了不用预料的过往 居住又流浪 风烟聚散

还有些歌 以及还有些已经唱出却还未完的部分 仍然流淌
从心里碰出的声响 注定了继续 一如含苞待放的情节 相逢的路上
就这样我的眼里一如既往 深情又惆怅 爱和不爱用同样的声音歌唱

我想 还有多少的思念不曾郁积 流畅的时光是缤纷的景象
照耀在身体和魂灵之上 熠熠生辉
是自己眼里看到的云中的钟在一记又一记敲响
回落在流淌的身和心之上
就这样我依然告诉你我无悔的心思
岁月里相伴的由来 快乐和悲伤

2008-12-17

允许

我的眼里
流水之后还是流水
梦醒之后依旧有梦

站在暗涌的光线之下
远和近似乎是轮换交替
像似心里心外的对话
无边的辽阔没有恒定

所有的方向都是继续
继续就有了可以行进的意义
缅怀和憧憬都不是唯一

那么 我可以选择带上记忆或者放弃
生命用来承载就有了分量和宽窄厚薄
前提是自己允许了自己

2008-12-19

风从何处

风的故乡有多远
是否远过时间的概念

风从山峰滑落 涌入谷底
从溪涧流出 奔向莽原

风从一万付野草的身躯掠过 然后
盘桓在树梢 教每一片叶起舞

风甚至拭过你的眼眉 靠近我的唇
然后 绕过紫罗兰的花蕊来到雪候鸟的脊背

一些声音被带起 轻柔和急迫 飞舞和跌落
谁会拾起放入怀里 让心来记得

昼夜里 季节里
风只有来回没有停留 只有远去没有逝灭

2008-12-22

夜半梦半

梦到极好的时候醒来
我看见半屋子的月光涌动波澜
透着自己的影子 安静得像一出等待

我记得——

梦是一段柔曼的舞蹈
蜿蜒游动的身 轻绕漫缠的手
绾起了水练当空
变换的手势和姿势 舞动
心 越来越愉悦舒展

舞到第二遍
那些随手势流向的水渐渐凝滞
带起熠熠的光辉 忽闪
梦里 是一段替人祈福的舞
得跳第三遍才能精妙

心便慎重起来 以为
去趟洗手间会舞出更轻盈的美妙
于是 起身而起
却让梦在拦腰处折断

窗外 圆月灿烂
梦里的光阴
浮在身体面上的月光
没有份量只有感觉
一场奇异的舞
出没夜半梦半分晓

2009-07-08

自说自话的样子

我说现在转身 是不是有些晚
可是春天的风才刚从寒冷的郁积里生长出头
跋涉的山路到了这一处平缓的坡度
怎么就此掉头 就此反复

反复不停的心总在季节的轮回里无常
一个念头就轻易将自己改变
轻易就可以打消 旧有的期待
比如 本想扎根成一棵树的样子
可春风一吹 就渴望成为一朵蝴蝶 飞起来

日新月异说得就是心境
原来人心随时随地都可以反悔

忽然觉得 这个春天该用来春眠和贴近土地
于是一夜间就把自己脱落成一粒种子 埋起来
尽管有些干瘪 可是春天的雨水已经来临
就这样躺下 请别唤我 比如我又出发的梦里

2012-03-21

春情

谁在这里等待 一场雨就可以打散
你不是不知 岁月不会等待

1
三月用来重逢 烟花和烟花的心愿
盛开是没有选择 春天就没有留白 充满而且短暂

2
一场雨就是四月 四月是人间的别离天 人世的美丽
岁月流逝 人鬼殊途 有情都是无常的背离

3
温良 是从前的月光 洗出的面相 于是桃花都送人了
只留着妆奁的春风 每年想起来的时候 静静 映水梳妆

4
花开了花谢 人聚了人散 因为平凡度日 请迎风起舞

2016-06-04

准备好了吗

我戴上帽子
就带上了运气
带上了运气就带上了风
风是通行的标志
薄雾的清晨　可以乘风而行

这是个奇妙的世界
春天总不在原地
好几次
春借着雨折返微凉的初境
却在你迷惘时突然晴朗明丽
前行　又义无反顾

所以　我还要带上心爱的所有
所有心爱的都有神奇的力
治愈暗黑虚掩的恐惧
互为体谅的孤独就有了共同目的
魔法奇迹　反正只要相信

要不要和我一起出发
小喵　小汪　小隼　还有你
准备好了吗

2017-04-29

云上的天光

秋天已经深了
我试图告诉你云上的天光

村落居住的半空
一棵树在村口遥望
那和记忆里的时光一样

星星已经睡去
道路的两旁还有光亮

如果你正好停下来
那你最好就等等
一匹马在远处　正在赶来

云雾丛生之中
一匹马正在赶来

走马的时间里
我在想　每一场相遇
都是重逢的世界
如果曾经走失
所以……

2017-10-18

背道而驰

1

背对着世界　选择距离
就像相认和复命的运程
浮出时间的线路

2

背对着世界　选择安静
就像寻求背靠背的紧密
不必言说的相信

3

一任光阴的潮落
经历之后　才知道
未来都会落定
而记忆都会偏离

4

记忆
赝生的光芒　背道
仿佛　拟化青春
时间冷漠
而热情天生

2018-07-21

企图

1

一个清晨用来救赎

也许一轮红日足够 也许

一棵向阳的花木

生机涌动的程度

你和自己 握手言欢的程度

2

一朵花的世界

你在远处

向触景生情的方向 停驻

却并不知情

曾经收留的风

已经褪去的香气

3

草是梦境里的清醒

譬如你走过的路 痕迹

错综起伏 却说不出所以

偶然都变成了必然

而记得和忘记的 差不多

4

落在树荫的部位

其实 都曾经灿烂过
光阴里 一粒种子
长成一棵大树的故事
想起来 费尽心思

5
如果一个晨 修复
你想重修哪个部分
额头的光亮 还是背脊的暖度
或者断续不清的梦

2018-06-08

生日祝福

落日的浑厚
涌动眼底的泪
心中葆有温暖和爱
无边无际荡漾如海

前行不止　暗夜无边
那么祝福就是光明

胸怀一点一点波光耀开
如日出　磅礴　如花　盛放
那么到来　就此　新生

2019-01-14

一梦无羁

信马由缰 不如凭梦而往 一梦三千 不问由来
随风吹开 一朵三世的执念
谁在叮嘱不离不弃 梦的流域全无定性
谁驻扎晨曦 谁耕云种月 谁出走从前
打磨星光的容颜 灿灿如莲的印记

流云的莽原茂密的深处 谁以篝火的回忆
照亮不曾相识的旧影
一再相忘的梦地 生长不灭的春色
荒芜的远方 谁却记起
盛开过钟声缭绕的家园 无羁无边

如果我的梦里 你梦见 同一个去向
请记得 莫失莫忘

2019-12-22

翻阅前尘

题记——

一些故事老旧 散落 断续

年代和边缘 自行混淆 衍生

可是一些情节 一些面容清晰 清晰入梦

雨下了三天三夜 天空倾斜的故事里 你的故地已残

雨下了三天三夜

倒像与某部书页里落下的叙述一致

天空倾斜 光线就显得不够明确

时间走过的地方实在遥远

遗失的方位

却又隐约再现最初的轮廓

远方已暗 黄昏将至 还有黑夜

黑夜总收藏着故旧的白日里的记忆

就像有人用镜子收藏江山的走向

有人用文字支付光阴的用度

月光星光停泊在雨的对岸

雨的声音却早就浸透了夜色 有些寒凉

谁紧了紧衣衫

顺手打开一首诗的韵脚点亮的烛火
旧时的暖光　照看一朵落花的流水
流水倒影显露的歌声飘过
拭去年代的落尘　却不及分辨

梦里依稀打湿过的春天
桃花落尽　桐花落尽
时间停下的一端
出神一笺故纸又生出新的事端
可故事的线索被雨水冲淡
描摹不清的痕迹里
雨下了三天三夜　没有停下来

2020-02-23

想念

1

风来的时候 我做回了水 躺下 就是无边的思念 雨一场 疾过

2

自作多情的人世 每一次 自命的星光 落满 水面的荡漾
其实 所求已经不多

3

相遇和重逢 起伏的注脚里 写下终究的别离 未来 不期的期待

4

一首歌的桃源 说开 花就开 你知道 我对声音的敏感

5

那么 记忆 喃喃自语的残影 新月 总在无光的时刻 复刻经历

2020-07-25

告诉

我在文字间停驻　就像在你的语境里揣度
时间的杨柳岸　晓风已至　春夏之后秋冬

1 百无禁忌

岁月的一端
不变和改变
你记得　圆月和雨
总有先来后到
所以　一往无前

不必想太多
以庆贺的口吻表示祝福
去确定　有梦成真

2 诸事皆宜

试一试
你想知道那些
风吹过　相关的缘由

星光的坡地
种一棵青春的树
一年的四季　你的年纪
茁壮生长的心意

没有什么不可以

3 见日之光

每一天的相遇

人间平凡 和无常的真相

拭擦心情的时候

如同收集方向

恰如其分的角度

你用来照亮自己

4 长乐未央

此起彼伏 此消彼长

我说起光阴的部分

说起快乐和不快乐的部分

说你 长成自己 想要的样子

2020-10-01

信仰

就像 冬月的花开
都深谙彻骨的寒
那么含苞的等待都蓄势火的热

因为 点燃和花开有点像
都要赶在时间之前
赶在倾覆之上 赶在风吹之先

孤注之下
谁却在轰塌的前方 建构莫测的宏大
置之死地 以生的名义奠基
像梦想

生和死天生接壤
风吹过四季的遗产 不改生长和落败
继承一千年 一千遍 之后
依旧从一片迹象的心叶开始孕育
相信果实就先开花

2020-12-17

夏花

1

站成花的样子
我像等待枯萎的灿烂
时间的香　透骨似阳光

2

夏至　见荷
依然像　故人探望
有人　已经离开
生生灭灭的故事　我仍惦记

3

一朵花的表白
年复一年　很像永远
记得　告诉过你　我喜欢

4

没说的部分　都是真的
一朵花的义无反顾　我信

5

记起　有时不是有意的
忘记　也都是真的
风吹过　花落一瓣

6
孤独 一定要有光
你说 胸怀明亮
花开如满月的模样

2021-06-21

春风革命

1
春风革命
盛世的阳光
花是必定开了
花开的尖利　总有刺破
视而不见的　彼此
以陌生　以光芒
涌入　歃血为盟

2
何止治愈　何止生长
复活和还阳　万物的胸口
萌芽　是春天的任务
阳光口令　此时此刻
不败落　不颓塌

3
结果都注定　又怎样呢
总共　一个期限的兑付
每一场春光的自洽
敞开怀抱　荡漾　何止春风

2022-03-11

个人行为

我在午后的怠倦里犹疑
譬如一朵云的无所目的
譬如草生草长的随意

自己看着自己的样子
可不可以像看一朵花的前言后语

花开绽放的真诚
和一个人破解自由的舒展　有多少可比性
坚韧不拔的目的　所遮挡的要义

一念而起的个人行为
都充满了光阴序列的蝶变
遇见和瓦解每一个山一般的见地
没有什么恒定
你的一句问话　就命中了自己

2022-04-11

祝福

一年 用旧时光
故事 以往情节
不宜复杂 平铺
直叙 浅喜淡哀
并入 回忆

一年 简单落下
不以 情绪表达
日光随影 星光漂移
侧耳听风
如我 也如你

一年 到了最底
冬 也最贴近春

祝福 就祝福
祝福旧时 祝福将至
祝福你 也祝福我
此时此刻 彼时彼刻
所愿 得偿所愿

2023-12-31

醒狮

安静吗
你说 听
风呲 狮子吼

胸中滚滚
万道霞光 穿透

前方 亮了
分明 根生枝长
涌动已久的感动

泪 可以交给鼓点
你可以给自己加油

2024-02-12

仰望

天空
你一厢情愿的地方
光透过远方
不确定 向往

丛生的从前
像植物 花朵
散落的种子
生着活着的大地
尘土印记
生长和掩埋

诗是符号
相认的歌咏
你说 总要回到天空
遥遥无期的记忆

2024-04-16

盛夏之舞

去到盛夏
去到 最记得的热烈

路远 还有时间
夏天的光芒
夏天的开放
迎着风 热爱

听凭身躯的温度
夏日的艳阳里
明媚的不止 记忆
永恒的灿烂

生命的潮汐
自有节律 那么
日光月光星光 抱满
一怀的涌动
随着心跳 去投入

投入就是开始
每个启封的 日子

风摇动光　光摇动世界
去到盛夏　一起
在盛夏的中央　起舞

2024-05-24

后记

　　回过头看自己的文字，光阴里走过的旧日，每一首诗都是自己的样子，回不去的样子。

　　一个人遇见的这个世界，曾经被何种人、何种事、何种物打动过，多少年后依旧会被那样的经历感动。隔着岁月，翻看自己当时的触动，最初的样子又一次鲜艳起来。

　　依旧爱着，这个世界的美好。

　　宏大的世界与每个人都相关，而生命以个体的存在感受，所以自我是重要的，喜欢是重要的。

　　喜欢文字，喜欢以诗的形式表达生命中的每一种体验和感悟。

　　诗对于我来说，就是直抒胸臆，是直面而来的情感流淌，是世界的光落在心底最直接的成像，是生命于这个世间的际遇里最诚挚的回应。

　　《盛夏之舞》的文字是多年来生长的，依着各自的情衷，或前或后分成四辑，集结于2024年的盛夏，而此刻，冬至刚过，寒冷渐深的年底，终于有了它完整的样子。

　　一直喜欢泰戈尔的那句"生如夏花之绚烂"，所以，生命里每个启封的日子，都该迎风起舞，那就让我们一起，在盛夏的中央起舞吧！

　　感谢我的爱人，方敏，为我的诗集赋予我喜欢的名字。

　　感谢我的好友，南京著名画家季春红，为我的诗集作序，感谢她的画和我的诗彼此照耀过的光景！

　　感谢生命中的相遇，也感谢生命中的别离，正如我在一首诗里写道：

　　　我知道初衷的缘起
　　　不过是和自己分离
　　　我的每一部分

在每一次经历的相遇

和万物都有了交换

当然还有你

方静

2024-12-28